ORONOKO

TRADUIT

DE L'ANGLOIS.

PREMIERE PARTIE.

ORONOKO

TRADUIT
DE L'ANGLOIS.
DE
MADAME BEHN.

Quò fata trahunt, virtus secura sequetur.
Lucan.

PREMIERE PARTIE.

A AMSTERDAM,

Aux dépens de la Compagnie

M. DCC XLV.

A

MADAME

LA M. P. D'I....

Ronoko, revit
pour vous,
Et vous refusez son
hommage?
Hélas, dit ma muse en couroux,
Quel Dieu, de mon bonheur, jaloux,
M'attire un refus qui m'outrage?
Craint-elle, que de ses vertus,

EPITRE.

Compilant une fade histoire,
J'affiche en termes rebattus,
Des verités, qu'on ne croit plus,
Dans le stile dédiçatoire ?
Que j'aille instruire l'univers,
Des ayeux dont elle tient l'être ?
Leurs noms attendent-ils mes Vers ?
Et les ferois-je mieux connoître ?
Craint-elle, que de ses attraits,
De ses graces, de son génie,
J'ose crayonner des portraits,
Que méconnoîtroit Polhymnie ?
A la foiblesse de leurs traits ?
Que j'ose.... Non, tu prens le
change,

EPITRE.

La vertu dicta cet arrêt :

Un cœur content de ce qu'il est

Fuit, ou dédaigne la louange.

Je le sçais : mais j'aurois tenté,

En réglant l'essor de ma Verve ,

D'accorder Phœbus, & Minerve,

La louange, & la verité !

Son nom , décorant mon Ouvrage ,

Eût fait son éloge, & le mien :

Il est des noms d'heureux présage ;

Et j'eusse acquis plus d'un suffrage,

Si l'on m'eût crû certain du sien ? ....

Tu travaillois donc pour lui

plaire ?

EPITRE.

As-tu plû ?... Je le crois... Eh bien,

Te faut-il un autre salaire ?

D. L. * * * *

PREFACE

DU

TRADUCTEUR.

'OUVRAGE,
que je donne
au Public, est
de la composi-
tion de Mada-
me *Behn* : c'est-à-dire, d'une
plume aussi célébre, en Angleterre, que celle des *Vil-*

a iij

ledieu, des *Scudéri*, & des *Luffan*, l'eft en France.

J'ai été longtems étonné, de ce que le goût regnant des Traductions, de l'Anglois, n'avoit pas encore engagé quelqu'un à nous faire part des productions de cette plume ingenieufe.

Mon intention n'a pas été, d'entreprendre une Traduction littérale, ni de m'aftraindre fcrupuleufement au texte de mon Auteur. Oronoko, a plû à Londres, habillé à l'Angloife: Pour plaire à Paris, j'ai crû qu'il lui falloit un habit François. Je ne fçais même, fi cette maniere de traduire les Ouvrages, de pur amufement, n'eft pas la meilleure. Je crois, du moins, que je ne manquerois pas de raifons folides, pour juftifier cette opinion.

Ceux qui fçavent l'Anglois, & qui liront Oronoko, dans l'Original, s'appercevront feuls des changemens, que j'ai crû devoir faire, pour donner de la liaifon à certains faits, pour en adoucir d'autres, & pour développer tout l'intérêt, dont le fonds m'a paru fufceptible. J'efpere, qu'ils me pardonneront cette hardieffe en faveur des motifs qui m'ont fait agir. Heureux! fi

leur délicatesse trouvoit à
se dédommager, du côté de
l'agrément , de ce qu'ils
pourroient regretter du côté de l'exactitude ! Je leur
demande cette indulgence,
sur-tout , pour la seconde
Partie.

Mes Lecteurs feront peut-
être bien-aifes d'apprendre
quelques particularités concernant Madame *Behn.* Voi-
ci ce que j'en ai extrait, de
l'Auteur Anonyme de fes
Mémoires.

Aftréa Johnfon nâquit à
Cantorbery. Son pere étoit
un bon Gentilhomme , at-
taché à Mylord *Willougby*,
lequel , ayant obtenu du

Roi d'Angleterre , le gouvernement de plufieurs Ifles voifines du continent de *Surinam* , jetta les yeux fur *Sirjohnfon* , pour en faire fon Lieutenant Général. *Johnfon* partit pour les Indes Occidentales , avec fon époufe , & fes enfans. *Aftréa* fortoit à peine de l'enfance.

Si l'on en croit l'Auteur cité , elle écrivoit déja également bien en Profe & en vers. Les charmes de fa perfonne égaloient ceux de fon efprit , & fon départ couta des larmes , à plus d'un Amant épris de fes jeunes attraits.

Sirjohnfon mourut pendant le voyage , & ne vit jamais *Surinam*, où fa fille, & fa famille, qui y étoient arrivés avant lui, refterent quelque tems, en attendant un Navire qui pût les remener en Angleterre.

C'eft pendant fon féjour dès les Indes, qu'elle a été témoin des avantures du Prince *Oronoko*, dont elle a écrit fi élégament l'hiftoire.

Cet Ouvrage a été extrémement goûté en Angleterre. La maniere vive & intéreffante, dont il eft écrit, a fait croire à plufieurs perfonnes, que la jeune *Aftréa* n'avoit pas été infenfible au mérite de fon Héros.

A son retour de *Surinam*, le Roi Charles Second , à qui elle eut l'honneur de lire son *Oronoko* , en fut charmé. Il lui ordonna de le rendre public.

Elle fut mariée , peu de tems après , à M. *Behn* , qui étoit originaire de Hollande : ce qui engagea ce Monarque, qui connoissoit l'esprit & la capacité de Madame *Behn* , de la charger d'une négociation importante , & relative à la guerre qu'il vouloit déclarer aux Hollandois. Elle servit fort utilement le Roi , dans ce pays, où il lui arriva plusieurs avantures , qui mériteroient d'être traduites. Mais la récompenſe, ne fut pas égale aux ſervices ! La méſintelligence, & la jalouſie des Miniſtres de *Charles Second*, la firent revenir en Angleterre, où elle eſt morte, peu riche, le 16 Avril 1689. ſuivant le ſort de preſque tous les gens de lettres, plus honorés après leur mort, que de leur vivant ; elle a été enterrée dans le cloître de *Weſtminſter*, parmi les cendres des Rois.

On peut juger du ſuccès des Ouvrages de Madame *Behn*, en Angleterre, par le nombre des Editions qui

en ont été faites. Celle de
1735, dont je me suis ser-
vi, est la huitiéme ; & j'ap-
prens qu'il y en a encore
une postérieure. *Oronoko* est
regardé comme le chef-
d'œuvre de cette Dame ;
& M. *Southern* a trouvé cette histoire si intéressante,
qu'il l'a crû digne du Théâtre de Londres , où elle a
été applaudie.

Madame *Behn* a aussi tra-
vaillé pour le Théâtre. Ses
Ouvrages, de ce genre, sont
imprimés en 4 volumes.

ORONOKO

TRADUIT

DE L'ANGLOIS,

DE

MADAME BEHN.

PREMIERE PARTIE.

E ne prétens pas, en donnant l'histoire de ce Prince Africain, amuser mon lecteur par les avantures d'un Héros imaginaire, dont la vie & les traverses sont ajustées

I. Part.   **A**

au théâtre, au gré du caprice de l'Auteur.

Je prétens encore moins, en racontant la verité, l'embellir d'aucun ornement épifodique. Mon but eft de me renfermer dans mon fujet. Mon Héros, en paroiffant fur la fçene, n'aura d'autre recommandation, que fon propre mérite, ni d'autre luftre, que fes actions.

Je déclare d'abord, que j'ai été témoin oculaire de la plûpart des faits, que je vais raconter. Quant à ceux qui ne fe font point paffés fous mes yeux, je les tiens de la bouche du principal Perfonnage de cette hiftoire, qui m'a fait le récit de toutes les avantures de fa jeuneffe. Je paf-ferai fous filence mille petits traits, qui m'avoient pourtant parûs amufans, avant que fon

hiftoire fût fi fertile en événe-
mens , mais qui deviendroient
ennuyeux,dans une relation affez
intéreffante , fans ce fecours.

La fçene, ou la derniere partie
des avantures d'Oronoko s'eft
paffée , eft dans une colonie, ap-
pellée *Surinam* , dans les Indes
Occidentales. Mais avant d'entrer dans le détail de fon hiftoire,
il paroît affez néceffaire, de mettre, fous les yeux du Lecteur, un
tableau racourci des mœurs, &
du commerce du païs où je le
tranfporte.Il s'y trouveroit étran-
ger, fans cela, & plufieurs faits,
que j'ai à raconter, auroient peut-
être befoin de commentaire.
Ceux qui feront impatiens d'entrer, de plein vol, dans le détail
des avantures d'Oronoko , n'au-
ront que la peine de paffer quelques pages.

A ij

J'entre en matiere ; & je commence, par le commerce que les Anglois font, avec les Naturels du païs.

Quoiqu'ils nous foient affujettis, par droit de conquête, nous n'avons pas attenté à leur liberté; & les efclaves, dont nous nous fervons, viennent de plus loin, comme je l'expliquerai dans la fuite. Notre commerce avec ces peuples, ne fe fait que par troc, ou par échange : L'argent, ne nous eft avec eux, d'aucun ufage; du poiffon, du gibier, des finges, des perroquets, des ouvrages de Vannerie, & mille autres fingularités, font les principales marchandifes que nous tirions d'eux.

Nous leur donnions en échange, des colliers, & des bracelets de toutes couleurs, des coûteaux, des haches, des épingles, & furtout des aiguilles. Ils se servent principalement, de ces aiguilles, pour se percer les oreilles, le né, & les lévres, où ils attachent nombre de *babioles*, telles que des grains de verre enfilés, de petits morceaux d'étain, de petites pieces de monnoye d'argent, très-minces, & autres brillans colifichets de ce genre. Les femmes, en garnissent aussi leurs tabliers, qui n'ont guére plus d'un quart d'aulne de long, sur autant de large, mais soigneusement travaillés, & ornés de fleurs peintes de différentes couleurs. Ces tabliers leur servent au même usage, que celui auquel Adam & Eve employoient la feuille de figuier.

Quelques-unes de leurs femmes, qui sont généralement très-bien faites, ont les traits d'une

délicateſſe extrême, & préſentent,
aux yeux, un ſpectacle charmant,
& nouveau dans ſon eſpéce. Elles
poſſédent tout ce qui eſt du reſſort
de ce que nous appellons *beauté*,
ſi l'on en excepte la couleur de
leur peau, qui eſt naturellement
d'un jaune rougeâtre ; & qui, par
l'uſage fréquent d'une certaine
huile, devient couleur de brique
nouvellement cuite, mais fort
unie & liſſée. Elles ſont modeſtes
& timides devant les hommes :
Elles pouſſent même la réſerve au
point, de craindre d'en être tou-
chées : Quoique toujours nues &
obligées de vivre avec eux, jamais on n'apperçoit la moindre
indécence dans leurs attitudes, ni
dans leurs regards. L'habitude
de ſe voir continuellement dans
l'état de pure nature, y diſſipe
tellement l'attention, qu'il ſem-

ble que les deux sexes ne con-
noiſſent pas les déſirs. La raiſon
de cela, c'eſt que vous appercevez
d'abord tout ce que vous avez
envie de voir ; vous le revoyez
à chaque inſtant ; & où la nou-
veauté manque, la curioſité eſt
oiſive.

Cette nation, en un mot, me
repréſentoit exactement le premier état d'innocence, avant que
l'homme apprît à pécher ; d'où
j'ai conclu, que la ſimple nature
eſt le moins dangéreux de tous
les guides ; & que ſi nous obſer-
vions ſeulement ce qu'elle per-
met, ſes inſpirations toutes ſim-
ples, nous inſtruiroient beaucoup
mieux, que tous les préceptes d'in-
vention humaine. La Religion
même, dans ce païs là, ne ſervi-
roit qu'à en bannir l'heureuſe
tranquilité, qu'on y doit à l'igno-

rance, & l'établissement des loix,
leur apprendroit plutôt à connoître le mal, dont ils n'ont encore
aucune notion, qu'elles ne leur
serviroient à l'éviter, s'ils en a-
voient une fois acquis la science.

Ils célébrerent un jour, par des
jeux funébres, & un jeûne général, le trépas du Gouverneur Anglois, parce que leur ayant donné
parole de venir chez eux, à certain jour marqué, ils n'avoient pas
eu de ses nouvelles. Ils croyoient
fermement, que lorsqu'un homme a donné sa parole, la mort seule pouvoit le dispenser de la tenir!
l'ayant revû vivant, quelque tems
après, ils lui demandérent, *com-*
ment on appelloit, en Europe, un hom-
me qui manquoit à sa promesse ? Le
Gouverneur leur répondit, *qu'on*
l'appelloit, un mal-honnête homme:
Titre infâme, sur-tout pour un Gen-

til-homme. Sur quoi l'un d'eux se
léve, & lui dit, *Gouverneur ! tu
es donc un mal-honnête homme* !

Ils ont une Jurisprudence naturelle, qui ne connoît ni la frau-
de, ni les détours : Les vices far-
dés leur sont aussi étrangers. Les
Blancs seuls leur en donnent les
premieres idées. Ils ont plusieurs
femmes qui, à mesure qu'elles
vieillissent, servent les jeunes qui
leur succédent. Leur service est
paisible & aisé, & elles sont toujours respectées ; à moins qu'ils
ne fassent des esclaves à la guerre,
ils n'ont pas d'autres domestiques.

La Nation qui habite le continent où je demeurois, n'avoit pas
de Roi ; mais le Guerrier le plus
âgé étoit obéï avec la derniere
soumission. Un homme qui par-
vient à ce grade, doit les avoir
menés long-tems au combat, avec

autant de conduite, que de bra-
voure.Nous vivions avec ce peuple dans une parfaite tranquilité;
ils connoiſſoient les endroits du
païs, où le gibier étoit le meil-
leur,& le plus abondant : Ils nous
enſeignoient la façon de nous en
pourvoir ; & pour des bagatelles
de peu de prix, ils ſuppléoient généralement à tout ce qu'il nous
étoit impoſſible de nous procurer
par nous-mêmes.

Les Indiens nous étant donc
fort utiles, en nombre d'occa-
ſions nous penſâmes, à nous les
attacher. Il auroit même été dangereux d'en agir autrement, parce que leur nombre ſurpaſſoit
extrêmement le nôtre. Ceux que
nous faiſions travailler au ſucre,
dans nos plantations, étoient des
Eſclaves noirs, que nous acque-
rions de la manière ſuivante.

Les Habitans , qui avoient befoin d'Efclaves , faifoient un marché avec un Capitaine de Navire,& convenoient de lui compter vingt livres Sterlin , ou environ , pour chaque Négre qu'il leur livreroit , dans telle plantation. Lorfque les Vaiffeaux chargés d'Efclaves arrivoient , ceux qui avoient contracté alloient à bord , & chacun tiroit fon lot.

Quand , par hafard , dans un lot , qui (à fuppofer) étoit de dix , il ne fe feroit trouvé que trois ou quatre hommes , le refte en femmes , & en enfans , on étoit obligé de s'en contenter.

Le Coramantien * , païs qui

* M. Bruzen de la Martiniere l'appelle *Cormentin* ; Bofmar , dans fon voyage de Guinée , le nomme *Cormantin*. C'eft aujourd'hui une Forte-

tire son nom des Noirs qui l'ha-
bitent, est l'une des Côtes où
le commerce des Esclaves est le
plus avantageux : parce que cette Nation, qui est extrêmement
brave & belliqueuse, ayant toujours guerre avec ses voisins, a
souvent occasion de faire des
prisonniers ; & que, suivant leurs
Loix, tous ceux qui sont pris en
guerre, & qui n'ont pas dequoi
payer leur rançon, sont vendus
comme Esclaves. Ce que pro-
duit la vente de ces prisonniers,
retourne, en totalité, au profit
du Général ; & c'est de lui que
nos Capitaines de Navires ache-
tent dequoi faire leurs cargai-
sons.

resse d'Afrique, appartenant aux Hollandois, sur la côte d'Or, en Guinée,
ou Païs de Fantin.

Le Roi du *Coramantien*, étoit
âgé de cent ans, & plus. Il n'a-
voit pas d'enfans mâles, quoiqu'il eût plusieurs femmes *Noi-*
res, d'une grande beauté. Il est
certain, qu'il s'en trouve de char-
mantes, malgré cette couleur. Il
avoit eu dans sa jeunesse plusieurs fils d'une grande espéran-
ce. Il avoit même eu le chagrin
d'en perdre treize dans une seule bataille, où ses Troupes
avoient remporté la victoire. Il
ne lui restoit alors pour succes-
seur, qu'un de ses petits-fils ; &
cet enfant, à peine capable de
soutenir un arc, & de porter un
carquois, avoit été envoyé à la
guerre, pour en apprendre le
métier. Son ayeul l'avoit confié
à un Européen âgé, que quelques infortunes avoient conduit
dans ce Païs, depuis quinze ou

feize ans, & qui par fa bravoure,& fon expérience,étoit parve-
nu à commander toutes les Troupes du Royaume.

Le jeune Prince, accoutumé de
bonne heure à la fatigue ; porté ,
par goût , à chercher les occa-
fions de fe fignaler , & d'apprendre ; profitant foigneufement des
bons exemples que le vieux Général lui donnoit tous les jours,
fut bien-tôt regardé , comme devant être un jour le Chef le plus
brave & le plus expérimenté qui
eût jamais été dans le Païs. Il
étoit d'ailleurs fi avantageufe-
ment partagé des dons de la nature , tant pour le corps, que
pour l'efprit, que fa vûe infpi-
roit à la fois l'eftime & le ref-
pect, dans le cœur de ceux même qui ne le connoiffoient pas.
C'eft ce que j'ai éprouvé moi-

même, avec surprise, lorsque je le vis, par la suite, dans notre continent.

Il n'avoit pas encore seize ans accomplis, lorsque le Général, à côté duquel il combattoit, fut tué d'un coup de fléche, qu'il reçut dans l'œil. Elle étoit destinée pour Oronoko, (c'est le nom de notre jeune Héros) & il étoit mort, si le vieux Général, qui, en voyant partir le trait, avoit jugé qu'il étoit tiré contre le Prince, n'avoit opposé sur le champ sa tête, entre la fléche, & lui : Exemple admirable d'amour & de reconnoissance, pour le sang de son bienfaicteur ! Qu'on juge combien Oronoko y fut sensible !

Dans le tems même qu'il donnoit des larmes, au malheur de ce cher Gouverneur, il fut pro-

clamé Général, en fa place, par
toute l'Armée. Cette guerre,
qui avoit duré deux ans, finit
alors ; & le Prince partit pour
la Cour, où il avoit à peine paf-
fé un mois entier, depuis qu'il
en étoit forti, à l'âge de dix ans.
L'éducation guerriere, qu'il.avoit
eue, fit regarder fa bonne grace,
& fon humanité, comme des pro-
diges.

On ne pouvoit concevoir qu'il
eût pû acquerir, dans un Camp,
l'idée de la véritable grandeur
d'ame, & les fentimens les plus
épurés. On étoit encore plus fur-
pris, de voir briller en lui, cette
noble générofité, & ce caractere liant, qui diftingue toujours
les gens bien nés ! Il eft vrai, qu'-
une partie de la gloire en étoit
dûe aux foins d'un *François*, homme d'efprit, & de courage, qui
ayant

ayant trouvé,dans le jeune Prince,un fujet propre à faire un jour
un grand homme , s'étoit appli-
qué à perfectionner fon éducation. Oronoko avoit reçu de lui,
des leçons de morale , & une
idée des fciences humaines, fuf-
fifantes pour le rendre eftimable
à tous égards. *Le François* s'apperçut bien-tôt,qu'il n'avoit pas
femé en terre ingrate. Il ne tint
pas au Prince,que fa reconnoif-
fance n'égalât les bienfaits qu'il
en avoit reçus.

Une de fes occupations favo-
rites, à fon retour de la guerre
étoit d'aller rendre vifite aux
Gentilshommes Anglois, & aux
Négocians , que le commerce
attiroit dans le Païs. Il ne fe contenta point d'apprendre leur Lan-
gue , il apprit encore l'Efpagnol,
& s'en fervit utilement dans la

I. Part. B

fuite, pour commercer avec eux.
Rien, enfin, ne fentoit en lui
le Barbare ; & il fe conduifoit en
toute occafion, comme s'il avoit
été élevé dans quelque Cour de
l'Europe.

Cette brillante, mais vraie
peinture du caractere d'Oronoko, me donna une extrême cu-
riofité de le voir, furtout quand
j'appris qu'il parloit François, &
Anglois, & que, par conféquent,
je pourrois m'entretenir avec lui.
Mais, malgré tout ce que j'en
avois entendu dire, j'avoue que
je fus auffi frapée d'admiration,
quand je le vis, que fi je n'avois
pas été prévenue, tant je le trou-
vai encore au-deffus de ce qu'on
m'en avoit dit !

Il étoit médiocrement grand,
mais d'une taille fi exactement
proportionnée, que le plus ha-

bile Sculpteur auroit eu peine à
former une figure d'homme plus
réguliere, & plus élégante. Son
visage n'étoit pas de cette couleur noire & rouillée, si ordinaire à sa Nation : mais plutôt
semblable à une ébeine parfaite,
ou au jais le mieux poli. Ses
yeux étoient grands, bien cou-
pés, & extrêmement perçans.
Ce qu'ils avoient de blanc, éga-
loit la neige. Il en étoit de même de ses dents. Son né, n'avoit
aucun des défauts qui nous cho-
quent dans les Négres. Sa bouche étoit belle, ses lévres fines
& vermeilles, quoique presque
tous les Négres les ayent gros-
fes, & recourbées vers le men-
ton. Il résultoit enfin, de l'assem-
blage entier des traits de son visage, quelque chose de si noble,
& de si parfait, qu'à la couleur

près, rien dans la nature, n'étoit plus beau, ni plus séduisant.

Ce Prince, tel que je viens de le dépeindre, avoit un cœur sensible, & susçeptible des plus grandes passions. Il ne tarda pas à sentir celle de l'amour, & à la porter au plus haut dégré. C'est le foible des grands hommes !

On se souviendra, que le Général, sous lequel Oronoko avoit appris la guerre, avoit été tué à ses côtés d'un coup de fléche; & que le jeune Prince lui avoit succedé dans son emploi. Ce vieux Guerrier, n'avoit laissé d'autres enfans après lui qu'une jeune fille, qui n'étoit âgée que de quelques mois, lorsqu'il étoit arrivé au Coramantien. Je ne peindrai ses charmes, qu'en disant, qu'elle étoit en femme, ce

que le Prince étoit en homme ;
& que sa vertu surpassoit ses attraits. J'ai vû les plus distingués
de nos *Blancs*, soupirans pour
elle, exprimer à ses pieds leurs
vœux & leurs desirs, sans pouvoir parvenir à la rendre sensible.

Oronoko, revenu de la guerre,
après avoir fait sa cour au Roi son
ayeul, se crut obligé de rendre visite à la fille du Général. Imoinda
(c'étoit son nom) sembloit méri-
ter l'hommage d'une vie, dont le
Prince ne jouissoit qu'aux dépens
de celle du vieux Général ; & les
Captifs, qui avoient été pris dans
la derniere bataille, étoit un tro-
phée assez digne de la gloire du
Pere, pour être présentés à la
Fille.

Lorsque le Prince arriva chez
elle, accompagné de tous les

Officiers de quelque diſtinction,
il fut vivement frappé de ſa
beauté. L'aimable modeſtie, avec
laquelle elle le reçut ; la douce
mélancolie de ſes regards, ex-
primant, à la fois, les regrets de
la mort de ſon pere, & la conſolation qu'elle reſſentoit de la
reconnoiſſance d'Oronoko, acheverent bien-tôt la victoire d'I-
moinda, & firent ſentir au Prince des mouvemens, qu'il n'avoit
pas encore connus ! Il fit alors
tomber, aux pieds de cette fille ;
cent cinquante Eſclaves enchai-
nés, & la rendit maîtreſſe de leur
fort. Imoinda, moins ſenſible à
ce préſent, qu'attentive au feu
qui animoit les regards du Prince, interpréta en ſa faveur, le
muet, mais éloquent langage,
d'un amour naiſſant. La joye
qu'elle en reſſentit, remplit bien-

tôt son cœur d'un sentiment, qui effaça celui de sa douleur.

Le Prince retourna à la Cour dans une autre disposition d'esprit, que celle avec laquelle il en étoit parti ; & quoiqu'il affectât, de ne pas parler d'Imoinda, plus qu'il n'avoit fait auparavant, il goûtoit, en secret, le plaisir d'entendre louer ses charmes, par tous ceux qui l'avoient accompagné chez elle. On s'imagine bien, qu'il ne mit pas un grand intervalle, entre sa premiere, & sa seconde visite. Son amour étoit déja trop violent pour lui permettre d'attendre plus longtems !

Je l'ai souvent entendu marquer son étonnement, de la rapidité, avec laquelle son cœur avoit été emporté, vers Imoinda : Lui, qui n'avoit jamais aimé, ni même jamais eu le moindre commerce avec les femmes !

Cette feconde vifite, eut tout le fuccès que fa flàme s'en étoit promis. Il eut la joye de voir Imoinda touchée de fes foupirs, & y répondre, par ces expreffions tendres & naïves, que le cœur feul fçait dicter ! Le Prince n'abufa pas des obligations, qu'il avoit à l'amour : fon bonheur préfent furpaffoit fes vœux. Il fe contenta d'en jouir, & de le voir partager par fa chere Imoinda ! La tendre confiance qu'elle lui marquoit, auroit fuffi feule pour le contenir, quand même la violence de fa paffion eût voulu l'emporter à quelque tranfport indifcret. Et cela ne paroîtra pas extraordinaire, à ceux qui connoiffent les mœurs de ce Païs, où la galanterie ne deshonore, que lorfque l'amant

abufe

abuſe de la confiance, ou de la
foibleſſe de ſon amante..... Que
ne penſons-nous de même ! &
pourquoi faut - il, que des peuples, que nous appellons *barba-*
res, ayent plus de vertus morales
que nous ?

Oronoko, qui en avoit des
notions très juſtes, en donna
alors une preuve bien chére, &
bien convainquante, à ſa maîtreſſe. Ce fut, de jurer à ſes pieds,
de renoncer, pour elle, au pri-
vilége des hommes de ſa nation ;
& de n'avoir jamais, pendant ſa
vie, d'autre femme qu'elle.

Après mille aſſurances d'un
amour ſincére & conſtant ; &
d'un éternel empire ſur les vo-
lontés de ſon amant, Imoinda
lui promit, de l'accepter pour
époux ; ou plutôt de le recevoir,
comme le préſent le plus pré-

cieux, & le plus honorable que
les Dieux puſſent lui faire! Enfin,
il fut arrêté, entre les amans, que
par déférence pour l'ayeul d'O-
ronoko, il ſeroit le premier inſtruit de leur deſſein. Mais tandis qu'ils jouiſſoient, par avance,
d'une félicité à laquelle ils ne
prévoyoient point d'obſtacle,
leur mauvais deſtin travailloit à
leur en ſuſciter d'auſſi terribles,
qu'imprévûs !

La viſite éclatante, que le Prince avoit faite à Imoinda, & les
attentions marquées, dont elle
avoit été ſuivie, avoient tout à
coup ouvert les yeux des Cour-
tiſans, ſur le rare mérite de cette
fille. Ses charmes, peu connus,
à cauſe de la retraite dans laquelle elle avoit toujours vêcu, pendant l'abſence, & depuis la mort
de ſon pere, avoient, pour ainſi

dire, acquis un nouveau relief,
depuis qu'Oronoko y avoir parû
senfible ; & la Cour ne retentif-
foit plus, que des louanges d'I-
moinda. Ces éloges parvinrent
bien - tôt aux oreilles du vieux
Roi ; & quoiqu'il eût beaucoup
de femmes, & de concubines, il
ne manqua pas de Courtifans fla-
teurs, qui travaillerent à lui inf-
pirer du goût, pour cette jeune
perfonne. Au portrait, qu'on lui
en fit, fon cœur ufé, & flétri par
l'âge, fentit renaître des défirs,
qui le ranimérent.

Quoique perfuadé de la verité
de ce qu'on lui avoir raconté d'I-
moinda, il crut pourtant, avant
d'ufer de fon autorité, pour la
faire appeller à fa Cour (où les
jeunes filles ne viennent jamais,
que pour les plaifirs du Roi) devoir y réfléchir pendant quelques jours.   C ij

Dans cet intervalle, il fut informé de la paſſion d'Oronoko pour cette jeune beauté ; & cette nouvelle le chagrina. Cependant, peu fait à réprimer ſes déſirs, de quelque nature qu'ils fuſſent, il ne combattit pas long-tems. Il choiſit un jour, que le Prince étoit à la chaſſe, pour faire porter un préſent à Imoinda, comme venant de la part de ſon amant. Un Courtiſan fut chargé de cette commiſſion ; & le Roi, ſous un habit d'eſclave, ſe détermina à le ſuivre. Son intention étoit, de juger par lui-même, à la faveur de ce déguiſement, des attraits, & du mérite de cette aimable fille ; d'entendre, quelle ſeroit ſa réponſe au meſſage du Prince ; de pénétrer le fond de ſon cœur ; & de connoître, à quel degré ſon inclina-

tion, pour Oronoko, étoit déja
parvenue.

Le vieil amant, vit, & brûla
d'amour. Il la trouva telle qu'on
la lui avoit dépeinte. Mais il prévit bien des obstacles à surmon-
ter ! Imoinda, touchée du pré-
sent du Prince, avoit exprimé
ses sentimens, en termes si tendres, & avec une joie si naturelle, que le Roi ne douta plus,
qu'Oronoko ne fût aimé !

Mais en se rappellant, que la
volonté du Monarque, étoit aussi
sacrée, aux yeux de ses Sujets,
que celle des Dieux, il se per-
suada, qu'il obtiendroit aisé-
ment, du devoir, ce qui lui seroit refusé par l'amour.

Il ne fut pas si-tôt de retour à
son Palais, qu'il envoya le voile
Royal à Imoinda. Le voile, est
dans ce païs, ce que le *mouchoir*

eſt dans le Serrail du Grand Seigneur. Celle qui le reçoit, eſt engagée ; & il y a peine de mort, contre celle qui fait la moindre réſiſtance. La répugnance, même apparente, eſt regardée comme impie, & ſacrilége !

Il n'eſt pas poſſible de peindre l'excès de ſurpriſe, & de douleur, dont Imoinda fut ſaiſie, à cette fatale nouvelle. Situation d'autant plus affreuſe, qu'elle ſçavoit combien le moindre délai étoit dangereux en pareil cas ! .... Tremblante, & preſque évanouie, elle ſe laiſſa couvrir du voile terrible ; & ſuivit l'Officier, porteur de l'ordre du Roi.

Ce Prince, avoit fait préparer un bain magnifique. Aſſis ſur un riche tapis, il attendoit Imoinda. Il ordonna qu'on la fît entrer. Les eſclaves, après lui avoir ôté fa robbe, l'introduifirent dans la falle du bain, & fe retirérent. Le Roi lui dit, de fe deshabiller.

La trifte Imoinda, toute en larmes, & hors d'elle-même, fe jetta fur le pavé de marbre; & s'appuyant fur le bord du bain, le fupplia, en tremblant, de lui faire la grace de l'entendre ! Elle lui dit, qu'elle fe croiroit la plus heureufe des créatures, & la plus glorieufe de celles de fon fexe, s'il étoit en fon pouvoir d'obéir à fon fouverain Maître ! mais, qu'elle ne le pouvoit, fuivant les loix ; qu'elle fe voyoit forcée, de réveler ce fecret, pour épargner un grand crime à fon Roi. Enfin, qu'elle étoit mariée, & par con-féquent, affez malheureufe pour ne pouvoir être à lui ! ...

Le Roi, fe levant avec fu-reur, lui demanda, d'un ton fou-

droyant, le nom du téméraire,
qui avoit ofé époufer, une fille
de fon rang, fans fon confente-
ment ? Imoinda effrayée des
tranfports du vieux Monarque,
fe repentit de l'aveu qu'elle venoit de faire. Elle vit le danger
que pouvoit courir fon amant; &
cherchant mille détours, elle dit
tout ce qu'un état auffi embarraf-
fant, que celu. où elle fe trouvoit, put lui fuggérer de plus tou-
chant, pour appaifer le couroux
du Roi, & pour le préparer à entendre le nom de fon époux, avec
quelque tranquilité.

Mais le Roi, qui preffentoit
affez le nom du coupable, & qui
craignoit d'avoir à punir la femme de fon petit-fils, ordonna d'un
ton de maître, à la trifte Imoinda,
de venir s'affeoir à côté de lui.
Ne me parle plus, ajouta-t'il, de

çe mariage, fi tu aimes ton époux!
jure-moi, que tu es encore fille :
fans quoi, il eft mort ! fût-ce
Oronoko lui-même !

Imoinda, prefque mourante,
fe hâta de lui jurer, qu'elle étoit
encore telle qu'avant fon mariage.... ç'en eft affez, dit le Roi,
ç'en eft affez, pour tranquilifer,
à la fois, ma confcience, & mon
cœur !.... & fe précipitant vers
elle, il la força, malgré fes larmes, & fa réfiftance, d'entrer
avec lui dans le bain.

Le Prince, à fon retour de la
chaffe, étoit allé pour rendre vifite à Imoinda. Avec quelle douleur n'apprit-il pas, qu'elle avoit
reçu le voile Royal ! Le chagrin
qu'il en conçut dégénera bien-tôt
en rage. Les effets en auroient
été funeftes, fi fes amis n'étoient
venus affez tôt, pour l'empêcher

d'attenter à sa vie : Il fallut même y employer la force. Oronoko céda ; & la raison vint en-
suite à son secours.

On lui fit entendre, que l'extrême vieillesse du Roi, devoit le
rassurer. Et cette réflexion , souvent répetée, produisit enfin, malgré l'accablement où sa douleur
l'avoit plongé, une partie de l'effet
qu'on en attendoit. Il sentit, que
la passion d'un rival , de l'âge du
Roi , ne pouvoit être suivie d'aucun effet , capable de rendre
Imoinda moins digne de son a-
mour, qu'elle ne l'étoit avant
son entrée au Serrail. Cependant,
la douleur d'en être séparé , n'é-
toit pas moins un suplice insup-
portable pour lui. En vain , s'ar-
moit-il de toute la force de son
courage , pour y résister : L'excès
de sa douleur l'emportoit sou-

vent au point de s'écrier , ah !
mes amis, que n'eft-elle féparée
de moi, par tout ce que l'art peut
ajouter à la nature, pour rendre
une fortereſſe imprenable ! dût-
elle être défendue, par les mon-
ſtres les plus terribles, j'affron-
terois leur colere, pour délivrer
Imoinda ! .... Mais , elle eſt dans
les bras d'un vieillard foible , &
que la nature m'oblige de reſpecter ! Ainſi, ma jeuneſſe, ma force , mon amour , mes travaux
guerriers , mon ardeur pour la
gloire , tout enfin me devient
inutile ! Imoinda ! Ma chere
Imoinda ! Tu es auſſi irrévoca-
blement perdue pour moi , que
ſi la mort cruelle t'avoit frapée
de ſes traits ! Eh , duſſais-je être
aſſez lâche, pour traîner ma foible
vie , juſqu'à ce que le ſort ait mis
mon ayeul au tombeau , puis-je

espérer le bonheur de t'avoir pour épouse ? Le préjugé , qui fait un si grand crime au fils , d'épouser la femme, ou la maîtresse de son Pere , ne suffira - t'il pas , pour détruire toute ma félicité ?

Ses amis lui représentérent , qu'Imoinda ayant été unie à lui, par un Contrat solemnel , tout le blâme de l'infraction des loix ne tomboit que sur son ayeul. Qu'un mari, en pareils cas, pouvoit employer la ruse , & même la force, pour recouvrer son épouse, & l'enlever d'un serrail, où la violence seule l'avoit fait entrer.

Ce raisonnement l'ébranla , & l'auroit peut-être entierement tranquilisé , s'il avoit eu à se venger de tout autre que de son ayeul. Mais son respect pour lui, le retint , & lui fit écarter toute idée sinistre , pour n'em-

braſſer que celles , qui ſe trou-
voient favorables aux eſpéran-
ces qu'il venoit de concevoir. Il
ſe détermina à tenter une entre-
vûe avec Imoinda , pour apprendre de ſa bouche même , s'il
pouvoit encore eſperer de la poſ-
ſeder un jour, ſans remords ; &
pour regler ſes démarches ſur la
déclaration , que cette aimable fille lui feroit de ſon état.
Mais l'entrepriſe , de lui parler ,
en particulier , n'étoit pas aiſée,
jamais homme n'entroit dans le
ſerrail , qu'en accompagnant le
Roi , lorſqu'il alloit s'y entretenir , avec quelqu'une de ſes
femmes , ou de ſes maîtreſſes.
La mort étoit la punition de
quiconque y mettoit le pied , en
tout autre tems.

Tandis qu'Oronoko étoit livré à tous les tourmens , qui

déchirent le cœur d'un Amant
fidéle & jaloux , le Roi n'étoit
pas exempt de peines. Il se reprochoit, à tout instant , de s'ê-
tre vû forcé , par l'illusion d'u-
ne passion ridicule, de ravir à
son petit-fils un trésor , qu'il sça-
voit lui devoir être extrêmement
cher. L'empire, que les attraits ,
l'innocence , & la modestie d'I-
moinda , avoient pris sur son
cœur, lui servoit à juger , par
comparaison, de l'excès d'amour,
qu'un jeune Prince , tel que son
petit-fils , avoit dû ressentir pour
elle ; & cette pensée augmentoit
d'autant plus ses remords ! L'a-
mour-propre même , ce flateur
éternel de l'homme , ne l'empê-
choit pas de se rendre justice , &
de penser , que dans les momens
où cette jeune personne étoit
obligée de souffrir ses assiduités ,

elle ne reffentît autant de répugnance, & de douleur, qu'elle
eût goûté de plaifirs, avec fon
jeune amant.

Il pouvoit d'autant moins do -
ter, de la tendreffe d'Imoinda,
pour Oronoko, que le nom de
ce Prince lui échapoit mille fois
le jour : Quoique, par les loix du
Serrail, toute paffion, pour un
autre que pour le Roi, dût cou-
ter la vie à une femme. Il eft
vrai, qu'en cédant au penchant,
qui la portoit toujours à parler
du Prince, elle confervoit affez
de pouvoir fur elle-même, pour
en parler plutôt comme d'un Héros, cher à fon ayeul, & à fon
païs, que comme d'un amant,
qu'elle regretât. Ainfi, les louanges mêmes qu'elle donnoit à fa
bravoure, & à fes grandes actions, flatoient quelquefois le

vieux Monarque , qui s'imagi-
noit revivre en ſon petit-fils.
Imoinda,ſaiſiſſant ce foible,trou-
voit le moyen de s'entretenir de
ſon amant , avec ſon rival même, ſans qu'il s'en offençât.

Le Roi , s'informoit pourtant
ſouvent , de la maniere dont le
Prince ſe conduiſoit. Mais ceux
qu'il interrogeoit , étant totalement dévoués à Oronoko , ne
répondoient à ces queſtions, que
conformément à ſes intérêts. A
les entendre, il ne s'occupoit qu'à
ſes exercices , & à la chaſſe : Ce
qui faiſoit penſer au Roi , que le
Prince avoit abſolument oublié
ſa maîtreſſe , ou qu'il lui en faiſoit un généreux ſacrifice. Cet eſpoir charmoit le vieil amant , qui
ne manquoit pas d'en faire part
à Imoinda , dans l'idée que le dé-
pit lui feroit ſuivre l'exemple du
Prince.   Quoique

Quoique ces raports perçaſ-
ſent le cœur de cette tendre A-
mante , elle ſe contraignoſt
pourtant au point, de les entendre , ſans émotion apparente, & même avec une eſpéce
d'indifférence. Mais ſes regrets,
n'en étoient que plus vifs & plus
amers , lorſqu'elle avoit la liberté de ſe plaindre ſans té-
moins !

Le Prince , inſtruit de ſon côté , des informations ſecrettes,
que le Roi prenoit de ſa conduite, avoit ſoin , quand il paroiſſoit devant lui , de compoſer
ſon viſage, de maniere à ne pas
démentir l'érat d'indifférence ,
qu'on lui prêtoit. De façon qu'en
peu de tems , le Roi totalement
convaincu, qu'il avoit oublié
Imoinda , ne fit plus de difficul-
té de le mener au ſerrail , & de

l'admettre dans les fêtes, qu'il
donnoit fréquemment à ses Maî-
tresses.

Mais, un jour, que le Roi,
sans le prévenir, s'étoit avisé de
le mener dans l'appartement
d'Imoinda, à peine le Prince
l'eut-il envisagée, qu'il manqua
de tomber à la renverse : Ce qui
seroit arrivé, s'il n'avoit été
heureusement, soutenu par *A-
boan*, jeune Seigneur de ses
amis, qui étoit derriere lui. Le
changement de son visage auroit même suffi pour le trahir,
si le hasard n'avoit encore per-
mis, que le Roi fût alors occupé à regarder d'un autre côté.
Ceci me donne occasion d'obser-
ver l'erreur de ceux, qui pré-
tendent, qu'un Négre ne change jamais de couleur. J'ai vû,
plus d'une fois, des Négres rou-

gir, & même pâlir. Leur rou-
geur, & leur pâleur, étoient
presque aussi aisées à distinguer
sur leur visage, que sur celui
du plus modeste, ou du plus co-
lérique Européen.

Rien n'échappe aux yeux d'u-
ne Amante. Imoinda apperçut,
d'un coup d'œil, toute l'impres-
sion que sa vûe avoit faite sur
Oronoko. Pour détourner les
regards du Roi, qui pouvoient
s'arrêter sur le Prince, elle cher-
cha à les fixer sur elle, par
quelques caresses forcées. Nouveau supplice, pour Oronoko !
Quoiqu'il dût sentir, quel étoit
le but de sa Maîtresse, & que
par réflexion, son amour lui
tînt compte de la violence qu'elle se faisoit. Le Roi s'amusa à
examiner quelques ouvrages de
la façon d'Imoinda. Elle saisit

ce moment, pour dire tout bas
au Prince, en le regardant d'un
œil auffi trifte que tendre, qu'elle gémiffoit de l'oubli, qu'il faifoit d'elle, autant que de l'efcla-
vage où elle étoit réduite !

Le Prince, frappé de ce dif-
cours, n'y put répondre, que
des yeux. Mais, des yeux ani-
més, par le fentiment d'un cœur
tendre & paffionné, font au-
deffus de l'Eloquence même ! Ils
s'exprimerent avec tant d'éner-
gie, qu'Imoinda ceffa de douter
qu'elle ne regnât toujours, avec
le même empire, dans le cœur
de fon Amant. Leurs regards
mutuels, fembloient chercher
leurs penfées & leurs defirs,
jufqu'au fond de leurs ames, &
leur recherche n'étoit pas vaine !.... Ils fentirent, qu'il ne
leur manquoit qu'une occafion

favorable, pour mettre le comble à leur bonheur.

Une porte s'ouvrit tout à coup. *Onahal* parut. C'étoit une des anciennes femmes du Roi, & qui alors étoit chargée du foin d'Imoinda. Oronoko porta en ce moment les yeu* dans la chambre d'où fortoit Onahal. Il apperçut un lit, orné de fleurs, qui y étoit dreffé. Il prévit fon malheur ! il en frémit !

Le Roi, prenant la tremblante Imoinda, par la main, la conduifit, comme une victime, dans ce fatal appartement. Onahal les fuivit. La porte fut, en même-tems fermée, & gardée par une troupe d'efclaves.

Quelle rage, quels tranfports, s'emparérent alors du cœur de cet amant malheureux !... Il alloit éclater ; & fa perte étoit cer-

taine, ainſi que celle de ſa maîtreſſe, lorſqu'*Aboan*, témoin de
ſes mouvemens furieux, & fré-
miſſant du danger auquel le
Prince alloit s'expoſer, l'arracha
de cette chambre, pour le faire
paſſer dans une autre, plus écar-
tée, & d'où le Roi ne pouvoir
l'entendre. Le Prince, en y ar-
rivant, tomba évanoui. Onahal,
qui étoit ſortie de l'appartement
du Roi, paſſa par cette chambre. Elle fut effrayée de l'état où
étoit le Prince, & s'empreſſa de
de le ſecourir. Elle demanda la
cauſe de cet accident? Mais, elle
en fut bien-tôt inſtruite, par les
ſoupirs, qui échapoient à Oronoko. Le nom ſeul d'Imoinda
ſortoit de ſa bouche; & ce fut,
en lui parlant d'Imoinda, qu'elle
trouva le ſecret de le faire revenir de ſon évanouiſſement.

Onahal, avoit le cœur senfible. Elle fut touchée de tant d'a-
mour ; & dit à Oronoko , que le
fujet de fa douleur , n'étoit pas
auffi grand qu'il le penfoit. Vous
pouvez m'en croire , ajouta-
t'elle ; le Roi n'eft point un rival
à craindre : Imoinda n'en eft pas
moins digne de vous. Je puis
encore vous raffurer , fur fes fentimens : Elle me les a confiés.
Elle fouffre autant des careffes
qu'elle reçoit , que vous avez
tort d'en être jaloux.

Aboan , fe joignit à Onahal ,
pour confirmer le Prince dans
cette opinion , auffi flatteufe
pour lui , que vraifemblable ; &
ils parvinrent enfin à la lui per-
fuader. Oronoko remercia mille
fois Onahal , de la part qu'elle
vouloit bien prendre à fa douleur ; & il lui dit tant de chofes

obligeantes, qu'il se l'attacha en-
tiérement. Elle lui promit, de
faire tout ce qui dépendroit d'elle, pour l'accomplissement de
ses vœux, en l'assurant, qu'elle
alloit commencer, par rendre
compte à Imoinda, de son extrême fidelité, de tout ce qu'il
avoit souffert; enfin, de tout ce
qu'il lui avoit dit, sur ce sujet.

Cette conversation eût duré
plus long-tems, si le Roi n'avoit
appellé Onahal. Mais le Prince
sentit, en cette occasion, de la
satisfaction, à être interrompu.
Les consolations, qu'il venoit
de recevoir, l'aidérent à prendre une contenance aussi con-
certée, qu'il étoit possible à un
amant de l'avoir, en pareille cir-
constance. Un instant après, ils
furent introduits dans la chambre du Roi, avec tous ceux qui
attendoient.

attendoient. Il venoit de demander fa mufique , & quelques-
unes de fes maîtreffes, pour dan-
fer devant lui. Imoinda s'en ac-
quitta , avec un air , & des graces , autant au-deffus des leurs ,
qu'elle les furpaffoit déja , par fa
beauté. Auffi reçut-elle le prix
ordinaire , en ces fortes de fêtes.
Chaque moment augmentoit l'a-
mour du Prince pour elle , parce
que chaque moment lui décou-
vroit de nouveaux charmes , &
des talens , qu'il ne lui connoif-
foit pas encore.

Cependant , tandis que fes
yeux , & fon cœur , étoient oc-
cupés d'Imoinda , Onahal . &
Aboan, étoient en converfation ,
dans l'embrafure d'une fenêtre.

Cette Onahal étoit , comme
je l'ai dit, une des anciennes maîtreffes du Roi , dont l'emploi fe

bornoit à fervir de gouvernante
aux jeunes, & à leur enfeigner
cet art,& ces fineffes d'amour,au
moyen defquelles elles avoient,
dans leur tems, fait l'amufement,
& les plaifirs de leur Maître. La
plûpart de ces femmes traitoient
les jeunes régnantes, avec toute
la féverité poffible : Charmées
de fe venger, en les gênant, de
la perte des honneurs, dont elles jouiffoient avant leur arrivée
au Serrail, & fâchées de voir des
novices en poffeffion des plaifirs,
& des galanteries,qui fembloient
n'avoir été inventées que pour
elles, pendant la durée de leur
jeuneffe, & de leurs attraits. Elles croyoient fe dédommager de
la perte des faveurs du Roi, en
exerçant toute l'autorité, & la
malignité du pouvoir qui leur
étoit donné,fur celles qui avoient

le bonheur de les posséder ac-
tuellement !

Le caractére connu, de ces
surveillantes, glaçoit le Prince
d'effroi. Il n'osoit se flatter, d'a-
voir attendri Onahal, au point
de pouvoir absolument compter
sur elle ; & la moindre indiscré-
tion, de la part de cette femme, tiroit à de terribles consé-
quences !

Mais Aboan, & l'amour, tra-
vailloient pour lui. Ce jeune
homme, qui étoit de grande con-
dition, dans le païs, étoit en
même-tems bienfait, & aimable ; & comme il accompagnoit
souvent le Roi, au Serrail, il
avoit fait la conquête de l'anti-
que Onahal, qui n'avoit pas encore oublié, combien il étoit
doux d'être aimée. Quoique les
années eussent répandu quel-

qu'altération fur fes charmes ;
fon efprit & fon caractére en-
joué ne s'en fentoient pas. Il lui
reftoit même un certain air de
fraîcheur, & de vivacité, qui,
joint au titre, d'ancienne maîtreffe d'un Roi, fuffifoit pour en-
flâmer un jeune homme ambi-
tieux, qui n'avoit pas encore aimé. Aboan s'applaudit d'autant
plus, d'avoir infpiré de l'amour
à Onahal, que fon amour-pro-
pre, & fon ambition, y trou-
voient leur compte : Il fçavoit,
dès long-tems, que les Dames
du Serrail influoient beaucoup
fur la fortune des Courtifans.
Enfin, l'envie de faire fa cour
au Prince Oronoko, à qui Onahal pouvoit être utile, acheva
de l'embarquer dans une intri-
gue, dont il ne prévoyoit que
de l'avantage pour lui, de quel-

que côté qu'il l'envifageât.

Il n'eut garde de laiffer paffer le moment de converfation, que cette femme lui avoit ménagé, fans lui faire connoître toute la vivacité de la paffion qu'il croyoit reffentir pour elle. On juge aifément, que cette déclaration fut écoutée, fans colere ; & que ces amans ne fe quitterent, qn'après s'être juré un amour éternel. A peine avoientils fini leur entretien, que le bal, & la mufique cefferent. Le Roi partit ; & chacun fe retira.

Aboan, ne manqua pas, le foir même, d'aller rendre compte de fon avanture au Prince ; & de lui faire connoître, combien fon intelligence avec Onahal, pourroit être avantageufe à Imoinda, & à lui. Oronoko,

aprit cette nouvelle avec tranfport. Il pria Aboan, en l'em-
braſſant, de ne rien négliger,
pour s'aſſurer bien-tôt de toute
la tendreſſe d'Onahal. Ah, dit-
il, cher ami ! Mon bonheur en
dépend ! Quand tu l'auras engagée entierement, ſa vie dépen-
dra de toi : elle ne pourra te re-
fuſer ce que tu lui demanderas
pour moi !

Aboan entendit ce langage,
& promit tout au Prince.

Cependant la guerre étoit dé-
clarée, depuis peu, avec une
nation voiſine. Le tems d'entrer en campagne approchoit ;
& il étoit impoſſible au Prince
de differer ſon départ, pour l'armée, dont il avoit le comman-
dement. Cette circonſtance, lui
rendoit encore les jours qu'il
paſſoit, ſans voir Imoinda,

beaucoup plus ennuyeux ! Car
il étoit perſuadé, qu'il ne pourroit vivre, s'il étoit contraint de
partir, ſans l'avoir vûe, en particulier. Il languiſſoit dans ces
inquiétudes, lorſque le Roi lui
dit un jour, qu'il le meneroit,
le lendemain, au Sérail. Hélas,
le Prince, ne ſçavoit pas,
que la converſation muette qu'il
avoit eue, à la derniere viſite,
avec Imoinda, n'avoit pas écha-
pée aux regards curieux d'un
vieux flateur, qui en avoit fait
ſa cour au Roi ; & que c'étoit,
pour la derniere fois, qu'il alloit au Sérail, avant ſon départ
pour l'armée ! Cet avis, qu'il
reçut d'Aboan, l'engagea à preſ-
ſer ce jeune Seigneur, de faire
les derniers efforts, auprès d'O-
nahal, pour qu'elle ne differât
pas plus longtems à acquitter ſa
promeſſe.   E iiij

Ils partirent, pour accompagner le Roi, au *Sérail*. Tandis que le plus grand nombre étoit occupé à regarder les danfes, & les jeux, aufquelles les Dames s'exerçoient, pour divertir le Roi, Onahal fit figne à Aboan, de la fuivre. Elle le conduifit dans un endroit, où elle étoit sûre de n'être pas entendue.

Aboan, n'oublia pas les interêts du Prince. Il parut, aux yeux d'Onahal, l'amant le plus vif, & le plus empreffé ; & cette femme y fut trompée. Elle ne put retenir les tranfports de fa joye ; & pour preuve de la tendreffe qu'elle juroit, à fon tour, à Aboan, elle ôta deux groffes perles de fes oreilles, qu'elle le pria de porter aux fiennes, comme un gage de fon amour. Aboan, avoit d'autres vûes : il la pria de reprendre fes bijoux, & de lui accorder un entretien fecret.

Une paffion, fi vive, en apparence, devoit triompher de tous les obftacles. Eh bien, dit Onahal, à demi - voix, en lui fermant la main (dans laquelle il tenoit les deux perles) tu peux t'en repofer fur moi : quand l'amour infpire une femme, elle eft fûre de réuffir. Trouve-toi cette nuit, à la porte du bois des Orangers, derriere le Sérail.... Je te quitte : une plus longue converfation nous rendroit fufpects.

La danfe duroit encore ; & le Roi, couché fur un riche tapis, s'en amufoit beaucoup. Il étoit furtout enchanté des graces d'Imoinda, que les bonnes

nouvelles, qu'elle avoit appri-
fes d'Onahal, rendoit plus gaie
qu'à l'ordinaire. Le Prince, étoit
fur un autre tapis, à l'autre
bout de la chambre, les yeux
fixés fur l'objet de fes defirs ; &
ceux de fa maîtreffe, qui les
rencontroient, à chaque tour
de danfe, fembloient en em-
prunter uu nouvel éclat. Mais
tandis qu'elle étoit plus occu-
pée des regards de fon Prince,
que de la jufteffe de la danfe,
elle fit un faux-pas, qui la fit
chanceler de façon, qu'elle feroit tombée, fi le Prince, en
s'élançant de fon tapis, ne l'a-
voit pas reçûe dans fes bras.
Le tranfport qu'il fit éclater,
fut remarqué de toute l'affemblée, & penfa lui être fatal. Il
étoit, en effet, tellement hors
de lui-même, qu'oubliant la ja-

louffe, & la préfence du Roi, il n'auroit pû fe réfoudre de lâcher fa maîtreffe, qu'il tenoit étroitement ferrée contre fa poitrine, fi Imoinda, qui en fentit d'abord les conféquences, ne s'étoit dérobée de fes bras, pour rentrer dans la danfe. Il étoit tems ! Le vieux Monarque, outré de rage, s'étoit levé, & portoit déja la main à fon poignard. Il fe retint, en voyant Imoinda dégagée. Mais il rompit l'affemblée, fur le champ ; & en rentrant dans fon appartement, il envoya ordonner au Prince, de partir pour l'armée, fous peine de la vie, s'il paroiffoit le lendemain au Coramantien.

Oronoko, fut accablé, par cet ordre ; & fes amis ne pûrent s'empêcher de le plaindre, quoi-

qu'en le blâmant, du tranfport,
qui le lui avoit attiré. Le Prince fentoit fa faute ; mais il
crioit encore, qu'il acheteroit
volontiers, de fa vie, un fem-
blable moment !

Cette avanture, mit tout le
Sérail en rumeur. Onahal y
étoit particulierement intereffée,
parce que le départ du Prince,
alloit lui enlever fon amant ; &
ce contre-tems lui paroiffoit
cruel ! Le Prince, & Aboan,
n'étoient pas plus tranquilles.
Ils fentoient la néceffité d'obéir
à l'ordre du Roi, & ne pouvoient pourtant fe réfoudre à
partir, fans voir leurs maîtreffes ! Ils réfolurent de tout rif-
quer. Il fut arrêté, que le Prince accompagneroit Aboan, au
rendés-vous qu'Onahal lui avoit
donné dans le bois des Oran-

gers. On se reposa du reste, sur la tendresse d'Onahal, pour Aboan.

Le Roi, de son côté, accabloit Imoinda, de reproches, & de menaces. Rien ne pouvoit calmer sa jalousie, rien ne pouvoit le dissuader, que la chûte de sa maîtresse, n'eût été préméditée, pour tomber dans les bras de son rival. Tous deux, lui paroissoient également coupables ; & les protestations d'Imoinda, ne servoient qu'à fortifier ses soupçons. Il la laissa enfin, en proye aux plus mortelles frayeurs.

En rentrant dans son appartement, il dépêcha un Courtisan affidé, pour sçavoir ce que faisoit le Prince, & s'il se disposoit à partir ? Il apprit, qu'Oronoko étoit chez lui, qu'il é-

toit plongé dans la triftefle ;
mais, qu'on n'y voyoit aucuns
préparatifs, pour fon départ.
Ce rapport confirma les foup-
çons du Roi. Il donna ordre,
qu'on épiât foigneufement les
démarches, & les mouvemens
du Prince ; & qu'on l'avertit de
tout.

L'heure du rendez - vous ve-
nue, les deux amans fortirent
feuls, & fans bruit, pour s'y
rendre. Ils trouverent la porte
indiquée ouverte, comme Onahal l'avoit promis. Dès qu'ils
furent entrés, les efpions, qui
les avoient obfervés, de loin,
coururent en rendre compte au
Roi.

Onahal fut d'abord effrayée,
de voir le Prince, avec Aboan.
Mais cette frayeur même, join-
tes aux inftances preffantes de

son amant, & aux promesses d'Oronoko, ne servit qu'à la déterminer plus vîte à consentir à tout ce qu'on exigeoit d'elle. Les momens étoient précieux : on ne disputa pas longtems.

Onahal, conduisit le Prince, à l'appartement d'Imoinda ; où elle ne l'eut pas plutôt introduit, & fermé la porte sur lui, qu'elle vola pour rejoindre Aboan. Imoinda étoit au lit, & ne faisoit que de s'endormir, après beaucoup de pleurs versés, tant sur le triste sort de son amour, que sur le prochain départ de son amant.

Il s'approcha doucement de son lit : il l'éveilla avec tous les ménagemens qu'un tendre amant croit les moins capables d'allarmer une amante endormie. Qu'on se peigne les mouvemens

de furprife, de joye, & de terreur, dont Imoinda fut faifie, à
la vûe du Prince ! Qu'on fe figure auffi, ce qui dut fe paffer,
entre deux jeunes perfonnes,
que l'occafion, & l'amour, in-
vitoient également à jouir d'une
félicité, fi longtems attendue !
Il fuffit au Lecteur, de fça-
voir, qu'il ne manqua rien à
leur bonheur ; qu'Oronoko, fut
pleinement convaincu, de toute la tendreffe d'Imoinda ; &
que les charmes de cette aimable fille, n'avoient fouffert aucune altération, depuis qu'elle
étoit entrée au Sérail. Mais tandis que leurs ames confondues
fe noyoient dans ces torrens de
délices, en oubliant avec quelle celérité les heures coulent en
de fi doux momens ; & que le
jour, prêt à paroître, alloit les
séparer

féparer peut-être pour jamais : un grand bruit les tire tout à coup de cette charmante yvref- fe ! Le Sérail retentit d'un mur- mure fourd & confus, de plu- fieurs voix d'hommes, & d'un cliquetis d'armes, inufité, dans ce lieu confacré au plaifir.

Le Prince étonné , s'élance des bras d'Imoinda , prefque morte de frayeur ; & fans fon- ger à reprendre fes habits, il fe faifit d'une petite hache d'ar- mes, qu'il ne quittoit jamais, avec laquelle il fe met en de- voir de défendre la porte, qu'on tâchoit déja d'enfoncer. La vio- lence avec laquelle on y tra- vailloit, fit connoître au Prince, qu'elle ne tiendroit pas long- tems.... Qui que vous foyez (dit- il d'une voix tonnante) qui ofez entreprendre d'entrer par force

I. Part.   E

dans cet appartement, apprenez
que le Prince Oronoko en dé-
fend l'entrée ; & qu'il lavera
l'infulte qu'on lui fait, dans le
fang du premier Téméraire, qui
ofera y mettre le pied !....

Ces mots furent à peine pro-
noncés, que le bruit ceffa. Mais
une voix fe fit entendre, & dit,
que c'étoit par ordre du Roi
qu'on agiffoit. Qu'on ne pouvoit fe difpenfer, d'aller apprendre à ce Monarque, que les avis
qu'on lui avoit donnés, étoient
bons : mais qu'on avertiffoit le
Prince de fonger à fa fûreté ; &
qu'on le fupplioit de croire, que
ce confeil lui étoit donné par un
véritable ami.. ..

Imoinda, qui avoit eu le tems
de fe remettre, fe fiant fur fes
charmes & fur la foibleffe du
Roi, preffa alors Oronoko, de

s'échaper au plus vîte. Je l'assu-
rerai, dit-elle, que c'est, par surprise, & par force, que vous
êtes entré dans mon appartement. J'ajouterai même, s'il le
faut, que les menaces les plus
terribles, m'ont empêché d'appeller du secours... Le plus pres-
sé, c'est de vous éloigner, & de
joindre au plûtôt votre armée,
où vous n'aurez rien à craindre :
il n'y a pas un soldat, qui ne
donnât sa vie pour vous... d'ailleurs, votre paix sera plus facile
à faire.... Le Roi est si âgé... que
sçait-on ? Partez, cher Prince :
adieu.... ne craignez rien pour
moi ! ne songez qu'à vous !...

Le Prince, insensible aux in-
stances de sa maîtresse, étoit à
ses pieds, tenant une de ses
mains, qu'il lavoit de ses larmes ! Il ne pouvoit se résoudre

à l'abandonner au courroux du Roi..... Il eût perdu le tems précieux, que ſes amis lui a-voient laiſſé, ſi Aboan & Ona-hal n'étoient venus joindre leurs prieres à celles d'Imoinda, & s'ils ne l'avoient aſſuré, qu'ils avoient concerté une ruſe, qui la ſauveroit infailliblement. En-fin, convaincu, par leurs diſ-cours, & par leurs larmes, le Prince ſe laiſſa arracher des bras de ſa maîtreſſe, & partit pour l'armée, pénétré de douleur.

A peine étoit-il ſorti du ſer-rail, que le Roi y arriva. Il abor-da Imoinda, avec la fureur, & la rage, dans les yeux. Il lui fit des reproches ſanglans, ſur ſa perfidie, en jurant, qu'il ſçau-roit bientôt ſe venger d'elle, & de ſon téméraire Amant! Imoin-da étoit à ſes pieds, la face con-

tre terre, & moüillant le plan-
cher, de ſes larmes. Elle le ſupplia, en ſanglotant, de lui accorder le pardon d'une faute,
qu'elle n'avoit commiſe qu'in-
volontairement. Elle prit à témoin Onahal (qui étoit proſ-
ternée comme elle) que c'étoit
à ſon inſçû, que le Prince avoit
pénétré dans ſon appartement ;
que tout ſon crime enfin, étoit
d'avoir cedé à la violence !

Ces derniers mots changerent
les diſpoſitions du Roi. Il avoit
réſolu de venger lui-même ſon
injure, en poignardant Imoinda. Il réſolut de la laiſſer vivre.

Mais, comme le plus grand
des crimes, parmi ce peuple, eſt,
d'avoir commerce avec une femme, qui a appartenu au pere,
au fils, ou au frere de l'amant,
il regarda alors Imoinda, com-

me fouillée, & par conféquent comme perdue à jamais pour lui. Il ne pouvoit pas, non plus (quand même il eût été difpofé à pardonner à fon petit-fils) la lui réfigner, parce qu'elle avoit porté le *Voile Royal*.... Il ordonna donc, qu'Imoinda & Onahal fuffent chaffées du ferrail, & livrées à un Marchand, de confiance, pour être venduës, comme efclaves, dans un pays éloigné tel qu'il lui plairoit. Cette fentence étoit, fuivant les préjugés du pays, plus ignominieufe, que la mort même. Elles implorérent, en vain, la clémence du Roi, qui ne daigna pas les entendre. Il commanda que fon ordre fût executé fur le champ. Il fut obéi, & la chofe fut faite, fi fecrettement, qu'elle ne fut connuë que de ceux qui vi-

vôient dans l'intérieur du serrail, où il fut défendu d'en parler.

Le vieux Monarque n'avoit
pas été sévére jusqu'à ce point,
sans souffrir extrémement. Mais
il étoit du nombre de ceux, qui
sont toujours contens d'eux-
mêmes, en executant ce qu'ils
ont résolu, soit en bien, soit en
mal. Il ne tarda pourtant pas,
dès que son couroux fut un peu
réfroidi, à réfléchir sur les excès ausquels il s'étoit porté. Il se
rappella, de sang froid, toutes
les circonstances de cette mal-
heureuse avanture; & sur-tout,
la déclaration qu'Imoinda lui
avoit faite, dans le bain, d'ap-
partenir à un autre. Cet autre
étoit sûrement son petit-fils ! Il
ne pouvoit en douter ! .. cependant une passion aveugle, &
honteuse à son âge, l'avoit ren-

du fourd à cette cruelle vérité !..
L'aveu qu'il fe fit, à lui-même,
de cette premiere injuftice, fut
bientôt fuivi d'un regret fincere
des égaremens dans lefquels elle
l'avoit plongé par degrés. Il rou-
git de fes torts envers fon petit-
fils ; & les remords qu'il fentit,
d'avoir traité l'aimable Imoinda
fi inhumainement, l'affligérent !

Ce qui le tourmentoit le plus,
étoit une crainte affez naturelle
à un vieillard : il n'étoit plus en
état de mener fes troupes à la
guerre. Oronoko, le feul qui
reftât de fa race, étoit fon uni-
que défenfeur, & feul capable
de le maintenir fur le thrône !
Cependant, il venoit de l'offen-
fer au point de le mettre dans le
cas d'une révolte ! il n'ofoit ef-
pérer qu'Oronoko, pût jamais
lui pardonner le châtiment in-
digne

digne qu'Imoinda avoit souffert,
au cas que ce Prince vînt à en
être instruit ! il se reprochoit
d'avoir deshonoré une fille de
cette qualité, qu'il pouvoit punir
plus honorablement, en la tuant
de sa main , comme elle l'en
avoit supplié ! (remord d'une
espece singuliere, mais fondé sur
le préjugé nationnal :) Quelle
contrée en est exempte ? Quoiqu'il en soit, c'est ce qui inquié-
toit le plus le Roi ; & la frayeur
qu'il eut , que le Prince ne ven-
geât hautement cet affront, le fit
penser sérieusement à prévenir
les effets de son ressentiment, en
lui faisant faire quelques excuses, sur ce qui s'étoit passé.

Il dépêcha un de ses confidens,
vers lui, avec ordre , de sonder
les dispositions du Prince , & de
lui faire connoître le regret qu'a-

voit le Roi, de la précipitation
avec laquelle il en avoit agi, tant
envers l'amant, qu'envers l'a-
mante. Il recommanda, surtout
au Meſſager, de cacher ſoigneu-
ſement à Oronoko, qu'Imoinda
eût été vendue. Il devoit l'aſſurer, qu'on l'avoit fait mourir ſe-
crettement.

Quand cet homme arriva au
camp, il apprit qu'Oronoko étoit
prêt à livrer bataille à l'ennemi.
Dès que le Prince le ſçut arrivé,
il donna ordre, qu'on l'amenât
dans ſa tente, où il l'embraſſa,
en entrant, avec de grandes mar-
ques de joie, & de diſtinction.
Mais cette vivacité, qui n'avoit
d'autre cauſe, que l'eſpoir d'apprendre des nouvelles conſolan-
tes de ce qui lui étoit ſi cher, s'é-
vanouit bien-tôt, en enviſageant
le Meſſager.

Le Prince impatient, quoique
pénetré de crainte, lui faisoit
mille queſtions à la fois, & toutes concernant Imoinda. Mais ſi
elles demeuroient ſans répoufes,
les yeux & les ſoupirs de cet
homme, ne lui faiſoient que trop
preſſentir ſon malheur ! Le Meſſager ſe jette enfin aux pieds du
Prince, & les baiſant, avec tout
l'embarras d'un homme qui a une
grace à demander, mais qui trem-
ble d'en dévoiler l'objet, il le
ſupplie, de s'armer de tout ſon
courage, pour entendre les fu-
neſtes nouvelles, qu'il vient lui
annoncer ! .... Ah, dit Oronoko,
d'une voix tremblante, *tu peux
parler : Je ne m'attens que trop à
ce que tu vas me dire ! Imoinda
n'eſt plus.... épargne-moi le reſte !*
Le ſilence, & les pleurs du Meſſager, achevérent d'accabler le
Prince.   G ij

Quand il fut un peu revenu à lui, le Meſſager le pria de lui permettre de s'acquitter de la derniere partie de ſa commiſſion. Je te le permets, dit Oronoko; je te défie de me rien dire de plus terrible que ce que je prévois ! L'autre, lui fit part, alors, de l'affliction du Roi, & de ſes regrets, ſur la maniere cruelle dont il avoit traité Imoinda ; ainſi que de la crainte qu'il avoit, que cette fatale cataſtrophe ne devînt funeſte au Prince, par l'excès de douleur, qu'elle pourroit lui cauſer. Il ajouta, que le vieux Monarque, l'exhortoit à ſupporter en héros, un malheur, que les Dieux mêmes ne pouvoient réparer ; & à chercher ſa conſolation dans la gloire des armes, en attendant que la mort, de ſon ayeul, qui ne pouvoit être que

très-prochaine, vînt le venger,
en lui tranſportant ſa couronne.

Le Prince lui ordonna, de retourner vers ſon Maître, & de
lui dire, qu'Oronoko n'attendoit aucune ſatisfaction de ſon
ayeul. Que s'il avoit reçu une
pareille injure de tout autre, le
rang, ni l'âge, ne l'euſſent pas
empéché d'en tirer une vengeance éclatante ! Qu'à l'égard de la
gloire des armes, il abandonnoit,
ſans regret, la part qu'il pouvoit
y prétendre, à de jeunes guerriers, plus fortunés, & plus di-
gnes de la faveur des Dieux. En
un mot, qu'il étoit réſolu, à paſſer le reſte de ſa vie dans les regrets d'avoir abandonné au pouvoir, d'un barbare, tout ce que
la jeuneſſe, l'innocence, & la
beauté, eurent jamais de plus
accompli !

G iij

A peine avoit-il congedié le Meſſager du Roi, que les Officiers les plus diſtingués de l'armée entrérent, pour l'avertir qu'on n'attendoit plus que lui, pour attaquer les ennemis. Mais il les renvoya bruſquement : & en s'enfermant dans ſa tente, il donna ordre à la garde, de n'y laiſſer entrer qui que ce ſoit.

L'ennemi approchoit pourtant à grands pas, vers le camp d'Oronoko ; & les Officiers ſentant le beſoin qu'ils avoient de leur Général, s'aſſemblérent en corps, & vinrent inyeſtir ſa tente. Le danger preſſant de l'armée, ne leur permit pas de reſpecter les ordres, que la garde du Prince leur objectoit. Ils entrérent en foule ; & ſe proſternant, aux pieds d'Oronoko, ils le priérent, les larmes aux yeux, de ne pas

ſes abandonner à la fureur, d'u-
ne armée ennemie, qu'ils étoient
ſûrs de vaincre, ſous ſes ordres,
mais que ſon abſence leur rendoit formidable, parce que la
confiance, que la nation avoit
en lui, faiſoit toute ſa force !
Ce ſpectacle, n'émut point le
Prince, abſorbé dans ſa douleur.
Il ne daigna pas même jetter un
regard ſur eux. Allez, leur dit-il,
en ſe retournant d'un autre côté,
allez partager, entre-vous, des
lauriers qui ne me flatent plus !
laiſſez - moi remplir, en repos,
ma triſte deſtinée !

Accablés de cette réponſe, à
laquelle le caractére infléxible
d'Oronoko ne leur permettoit
pas de repliquer, ils ſe borne-
rent, à lui demander humble-
ment, ſur qui il jugeoit à pro-
pos qu'ils jettaſſent les yeux,

pour les commander, en ſa place ? Je ſuis hors d'état, répon-
dit-il, de m'occuper de ce ſoin !
Tout ce que je puis faire, eſt
de ſouhaiter, que votre choix
tombe ſur le plus brave, ou ſur
le plus heureux ! Hélas, (dit-il
en ſoupirant) les titres n'ajou-
tent rien à la vertu, non plus
qu'à la vaillance ; & l'éclat du
ſang n'influe pas toujours ſur
les qualités du cœur, & de l'eſprit ! Toutes ces faveurs, qui
ne ſont dûes qu'au haſard, ſer-
vent encore moins à rendre heureux celui qui les poſſede ! Vous
en voyez un grand exemple,
dans le triſte Oronoko, autre-
fois à vos yeux le plus fortuné
de tous les hommes, aujour-
d'hui, le plus miſérable.

Il ſe retira, en achevant ces
mots, dans le fond de la tente,

& malgré la vivacité de leurs
inſtances, ils n'en purent obte-
nir autre choſe. L'armée entie-
re, qui aſpiroit après ſon chef,
voyant revenir les Officiers,
d'un air mélancolique, & les
yeux baiſſés, augura mal du
ſuccès de cette journée. On fit
pourtant choix d'Aboan, pour
remplacer le Prince. Mais,
quoiqu'il fût eſtimé des troupes,
le ſoldat accoutumé à marcher
ſous un Général, qu'il regardoit
comme invincible, rappelloit
en vain, cette ardeur, & cette
confiance, toujours garantes des
grands ſuccès. A peine le combat étoit-il commencé, qu'A-
boan eut le chagrin de les voir
enfoncés, & bien-tôt en fuite
vers le camp, ou les ennemis
les pourſuivirent, avec un grand
carnage, juſques ſous leurs ten-

tes. En vain, Aboan mit si en
usage, tout ce qu'on pouvoit
attendre d'un grand Général,
pour les rallier, & pour les engager à se défendre. La terreur
s'étoit emparée de ses troupes ;
il fut abandonné.

Les gardes, qu'on avoit laif-
sés, autour de la tente du Prince, voyant les soldats fuïr devant l'ennemi , & se disperser
dans la plaine, firent un cri si
terrible, qu'il frappa le Prince,
& le réveilla de la douleur lé-
targique, dans laquelle il étoit
plongé. Dès qu'il fut informé
de ce qui se passoit, l'amour de
la patrie reprit ses droits dans
son cœur , & suspendit pour un
tems ses réflexions siniftres. Il
se détermina, tout à coup à se-
courir son armée, ou à ne pas
survivre à sa défaite. Allons,

amis , dit - il , marchons à la
gloire ! Si notre perte eſt certaine , cherchons-la du moins dans
la voye la plus honorable ! Ce
n'eſt pas dans un lit , que la
mort doit ſurprendre Oronoko :
C'eſt encore moins dans les fers,
qu'il doit l'attendre ! Que *Jamoan* (c'étoit le Général ennemi) ſe repente , encore une fois,
d'avoir paſſé les limites , que
j'avois preſcrites à ſon ambition !

Tandis qu'il parloit ainſi , ſes
gens l'armoient , pour le combat. Il fut prêt, en un moment;
& ſortant de ſa tente, avec une
contenance, plus fiere, & plus
animée, qu'il ne l'avoit jamais
eue en pareil cas, ſes ſoldats
crurent voir, en lui, une divi-
nité armée pour les ſecourir, &
ſauver leur païs. Il ſe précipita

dans le plus épais des bataillons
ennemis, avec un petit nombre
des siens, ramaſſés à la hâte.
Son bras, animé par le déſeſ-
poir, fit des exploits au-deſſus
de la force ordinaire de l'homme.
Son exemple, & la vûe du pé-
ril où il étoit engagé, fit un effet prodigieux ſur ſes ſoldats.
Ils ſe rallierent, & revinrent au
combat, avec un nouveau courage, & une ardeur qu'ils ne
ſentoient jamais qu'en combat-
tant ſous ſes yeux. Le détail de
leurs exploits, eſt inutile. Ils
remporterent une victoire com-
plette; & *Jamoan*, après avoir
été bleſſé dangereuſement par
Oronoko, fut fait priſonnier de
ſa main. Ce Jamoan avoit du
mérite, il devint dans la ſuite
extrêmement cher au Prince,
qui le diſtingua même d'abord

(contre l'ufage ordinaire) du refte des captifs , en ne l'envoyant point vendre au marché public. Il le garda , dans fa cour ; & les bons traitemens, que Jamoan y reçut, lui firent fi bien oublier fa captivité , qu'il ne fongea jamais à la quitter. L'affection qu'il prit pour le Prince , lui fit bien-tôt craindre , que l'excès de fa mélancolie ne le conduisît au tombeau. Il s'attacha à l'en diftraire, par le récit de mille avantures galantes, & extraordinaires, aufquelles il fçavoit donner un tour fi agréable , que le Prince ne pouvoit s'empêcher de les entendre avec plaifir.

Oronoko, vainqueur , aima mieux demeurer dans fon camp, que de retourner dans une cour, où tout lui rappelleroit la perte,

qu'il avoit faite. Les Officiers
de l'armée, à qui la cause de
ses chagrins étoit connue, in-
venterent toutes sortes de jeux,
& de plaisirs, pour dissiper, &
charmer ses ennemis. Leurs efforts furent d'abord inutiles :
Mais leur zéle, soutenu par l'e-
stime, & par l'amitié, ne se
rallentit pas.

Tant de soins & d'attentions,
ne pouvoient manquer de flatter le Prince.-La complaisance
seule l'engagea insensiblement
à y répondre ; & le tems, joint
aux distractions continuelles,
qu'on s'attachoit à lui procurer,
acheverent enfin d'émousser, par
dégrés, ce qu'il y avoit de trop
vif, dans le sentiment de sa
douleur. Alors, on lui repré-
senta, qu'il ne pouvoit se dispenser de répondre aux desirs

du Roi. Qu'il feroit même dangereux, tant pour lui, que pour
fes amis, de paroître méprifer
les invitations d'un Monarque,
qui l'avoit déja follicité mille
fois de revenir à la cour. Oronoko, étoit généreux. L'inte-
rêt de fes amis l'emporta fur fa
répugnance ; il confentit enfin
à leurs defirs.

Il fut reçu à la Cour, en con-
querant, avec toute la joye,
& la magnificence poffible. Le
Roi, ne fe laffoit pas de le
combler de careffes ; le peuple,
le regardoit, comme un Dieu
protecteur de la nation ; & les
Dames fe difputoient à l'envi,
la conquête de ce jeune Héros.
Mais fon cœur étoit tellement
rempli de la douleur de fa perte, que tout ce que les graces,
de la jeuneffe, & de la beauté,

ont de plus féduifant., ne treu:
voit aucun paffage, pour y faire
la moindre impreffion.

Il arriva quelque tems après
dans ce Pays un Navire Efpagnol, dont le Capitaine étoit
déja connu d'Oronoko, qui lui
avoit, ci-devant, vendu plufieurs Efclaves. L'Efpagnol étoit
fin, rufé & d'une converfation
amufante ; mieux élevé enfin,
& plus poli', que ces fortes de
gens ne le font d'ordinaire : auffi
étoit-il toujours mieux reçu, &
plus favorifé à la Cour, que tous
ceux qui abordoient cette côte
pour le même commerce. Oronoko, qui aimoit les façons Eu-
ropéennes, vendit un jour beaucoup d'Efclaves à cet Efpagnol,
& pour lui témoigner l'eftime
qu'il faifoit de lui, il le combla
de préfens.

Un

Un jour , qu'il paroiſſoit le plus ſenſible aux bienfaits d'O-ronoko , il le ſupplia de lui faire l'honneur d'accepter une fête dans ſon vaiſſeau , avant ſon départ , qui étoit prochain. Le Prince accepta l'offre avec plaiſir. Rien ne fut épargné , pour les préparatifs d'une réception digne d'un pareil hôte; & au jour indiqué , le Capitaine ſe rendit ſur le rivage. Son vaiſſeau décoré de tapis , de couſſins de velours, de banderolles de toutes couleurs , étoit ſuivi d'un autre grand batteau , rempli de Muſiciens , & de Trompêtes , dont l'harmonie guerriere flattoit beaucoup l'oreille des Africains. Oronoko l'attendoit , accompagné de Jamoan , Aboan , & d'une centaine de jeunes Seigneurs, des plus diſtingués du Pays.

I. Part.   H

Ils furent régalés magnifique-
ment dans le Vaiſſeau, & les
vins les plus délicieux n'y furent
ſur-tout pas épargnés. Après le
repas, le Prince, ainſi que le
reſte de la compagnie, parut
enchanté, de la ſtructure du Bâ-
timent, & des différens objets
qu'il voyoit autour de lui. Comme il ne lui étoit pas encore arrivé d'en viſiter aucun de cette
grandeur, il fut curieux d'en
examiner toutes les parties, &
demanda à deſcendre dans les
chambres. Le reſte de ſa ſuite
auſſi raſſaſiés que lui, de vins,
& de bonne chére, ne manqua
pas de le ſuivre.

Alors, le Capitaine, qui avoit
préparé, de longue main, le ſuccès de ſon projet, fit un ſignal à
ſon Equipage. Dans l'inſtant,
toutes les iſſuës furent fermées ;

& les Affricains saisis, & chargés
de fers.

L'Espagnol, qui sentoit, qu'il
n'avoit pas de tems à perdre,
ordonna dans le moment, qu'on
mît à la voile, & le vent se trou-
vant favorable, emporta le vaisseau, en moins d'une heure,
hors de la vûe de Coramantien.
On peut conjecturer, quels furent les sentimens d'Oronoko à
la vûe d'une action aussi indi-
gne! Un lion, pris dans les toi-
les, n'est pas plus furieux, & sa
rage ne fait pas plus d'efforts,
pour sa liberté. Mais il s'épuisoit
en vain. Ses fers étoient disposés
de maniere, qu'il ne pouvoit
non seulement remuer les mains
pour sa défense, mais même
s'en servir pour se donner la
mort, qu'on craignoit qu'il ne
préférât à l'esclavage. Les pré-

cautions, à cet égard, avoient été pouſſées au point, qu'il ne pouvoit bouger de la place, où il étoit lié, ni s'approcher d'aucune partie ſolide du vaiſſeau, de peur qu'il ne terminât tout à coup ſes malheurs, en ſe caſſant la tête : ce qui eſt aſſez ordinaire aux Négres, en pareil cas. Privé de tous moyens capables de le délivrer de la vie, le malheureux Prince réſolut de ſe laiſſer mourir de faim. L'excès de ſon malheur lui fit trouver une eſpéce de conſolation dans cette penſée ; & à peine s'en fut-il promis fermement l'exécution, que renfermant ſon deſeſpoir, & ſon indignation dans le fond de ſon cœur, il ſe coucha, la face contre terre, & refuſa également de manger, ou de parler à perſonne.

Cette nouvelle n'inquiéta pas
peu le Capitaine , & d'autant
plus , que tous ceux de la suite
du Prince paroissoient être dans
l'intention d'en faire de même.
Le Traître craignit bientôt de se
voir privé du gain considérable ,
qu'il avoit fondé sur sa perfidie.
Mais n'osant s'exposer aux reproches , qu'Oronoko étoit en
droit de lui faire , il lui envoya
un homme de son Equipage ,
avec ordre de l'assurer , qu'il
étoit maintenant au desespoir ,
d'avoir ainsi violé , à son égard ,
les droits de l'hospitalité ; & encore plus , de n'y trouver aucun
remede , à cause de l'éloigne-
ment où l'on étoit du Coramantien , & des vents contraires ,
pour y retourner : mais qu'il se
proposoit de le mettre à terre ,
lui & les siens , au premier Port

où fon Vaiffeau toucheroit.
L'Envoyé du Capitaine, attefta
par ferment, la fincérité de ces
promeffes, & il ne demanda, en
revanche, au Prince, que fa
parole, de ne plus fonger à fe
laiffer mourir.

Oronoko, dont les idées, fur
l'honneur, n'avoient reçû aucune altération, & qui, de fa
vie, n'avoit manqué à fa parole,
crut fermement tout ce que cet
homme lui difoit. Il n'exigea,
avant de s'engager à fon tour,
que d'être délivré des fers, dont
il étoit chargé. Mais comme les
inftructions de l'Envoyé ne s'é-
tendoient pas jufques-là, il pria
le Prince de lui permettre d'en
aller conférer avec le Capitaine.
Le Capitaine fit dire à Oronoko,
qu'il étoit au défefpoir, de ne
pouvoir l'obliger en ce point,

parce que l'offenſe avoit été ſi
grande, qu'il avoit lieu de craindre, que le Prince ne fît uſage
de ſa liberté, pour tenter une
vengeance, qui pourroit lui de-
venir fatale.

Oronoko jura par l'honneur,
& par les Dieux, de ſe conduire,
dans le vaiſſeau, avec la même
franchiſe, & la même amitié
dont il uſoit avec le Capitaine,
avant ſa détention, & de lui
obéir en tout, comme au Roi
même.

Mais on dit au Prince, que la
différence des religions laiſſoit
encore quelque défiance dans
l'eſprit du Capitaine ; parce
qu'ayant engagé ſa foi, commé
chrétien, & ayant juré au nom
d'un Dieu puiſſant, il n'avoit que
des tourmens éternels à attendre
après ſa mort, s'il violoit ſa pro-

meſſe , tandis que le Prince ne
riſquoit rien en atteſtant des
Dieux auſſi vains que ridicules.
C'eſt donc uniquement par cette
crainte , reprit vivement Oronoko , que le Capitaine ſe croit
lié à ſon ſerment ? Qu'il ſçache ,
qu'en jurant , par l'honneur , je
crois faire plus que lui ! Tout
homme , qui viole ce ſerment ,
ſe rend l'opprobre de la ſocieté :
C'eſt un corps , dont l'ame eſt
avilie ; & le mépris dont on l'ac-
cable , eſt à mon gré , le plus
grand des ſupplices , s'il lui reſte
quelque ſentiment ! Eh , que
m'importe , à moi , qu'un homme jure , par ſon Dieu , (quelque
redoutable qu'il puiſſe être ,) ſi
cet homme ne connoît pas l'honneur ? Il en ſera puni , dit - on ,
dans l'autre vie ? Eh , que m'en
reviendra-t'il ? Quel fruit puis-je
tirer

tirer d'une vengeance, toujours
trop lente, & qui d'ailleurs, ne
vient jamais à la connoissance
de personne? Tandis, qu'un homme d'honneur, traîne ses jours
dans l'opprobre & la honte,
cent fois pire que la mort, &
succombe enfin sous le poids de
son ignominie ! Ah, quiconque
est capable de manquer à son
honneur, sera-t'il plus fidéle à
son Dieu? En achevant ces mots,
qu'il accompagna d'un souris
amer, & dédaigneux, Oronoko
refusa de répondre davantage.
Le Capitaine, embarrassé, se
consulta long-tems: Il sentit enfin, que s'il vouloit sauver les
captifs, il étoit indispensable de
briser les fers du Prince; afin,
qu'en le leur montrant libre, ils
repriffent aussi courage, dans l'es-
pérance de leur liberté prochaine.

Il alla, lui-même, rendre visite à Oronoko; & après beaucoup de mauvaises excuses, sur ce qui s'étoit passé, il lui réïtéra ses promesses. Le Prince voulut bien s'en contenter; il donna sa main au Capitaine, en signe de réconciliation, & comme un gage de la conduite qu'il promettoit de tenir, dans le vaisseau. Oronoko, délivré de ses fers, fut conduit, dans la chambre du Capitaine, où après avoir mangé, & s'être reposé pendant quelques heures, (ce qu'il n'avoit pas fait, depuis quatre jours) il fut invité à aller consoler ses compagnons enchaînés, qui s'obstinoient à refuser toute espece de nourriture. On le pria, de les engager à manger, en les assurant de leur liberté, au premier Port où le vaisseau pourroit a-

border. Oronoko étoit trop généreux, pour conserver la moindre défiance. Il vola vers ces
malheureux, qui furent trans-
portés de joie, en le revoyant.
Ils se jettérent à ses pieds, qu'ils
baisérent mille fois, en les mouil-
lant de leurs larmes. Ils écouté-
rent tout ce qu'il leur dit, pour
leur consolation, avec autant de
confiance, que si leurs Dieux
mêmes leur avoient parlé ! Il les
exhorta, à porter leurs chaînes,
avec ce même courage qu'il leur
avoit connu, dans les travaux
de la guerre. Il leur représent
que leur sûreté même l'exigeoit
nécessairement, de peur, que
quelques mutins, par un ressentiment mal entendu, ne se livras-
sent à des projets de vengeance,
qui pourroient retomber sur eux,
sur leurs compagnons innocens,

& peut-être fur lui-même. Il finit, en les affurant, que leur tranquilité, & leur patience dans les fers, (pour le peu de tems qu'ils avoient à y être) étoit la preuve la plus fenfible, qu'ils puffent lui donner, de leur amitié pour lui.

Ils criérent, d'une voix unanime, qu'ils étoient prêts à tout, & qu'ils croiroient ne jamais trop fouffrir, dès que la chofe étoit néceffaire, pour le repos, & la fûreté de leur Prince ! Dès-lors, ils ne refuférent plus de manger; & ils regardérent leur obéiffance, aux ordres du Capitaine, comme feule capable de hâter la liberté d'Oronoko, qui, pendant le refte du voyage, fut traité avec tous les égards dûs à fon rang.

Mais, rien ne pouvoit le dif-

traire de fa mélancolie, que le
fouvenir d'Imoinda entretenoit
toujours ! Il regardoit même l'a-
vanture de fa captivité, comme
une vengeance des Dieux, qui
avoient voulu le punir, en l'hu-
miliant, d'avoir livré cette aimable perfonne à la cruauté d'un
Roi jaloux, lorfqu'il l'avoit aban-
donnée pour fuir dans fon camp.
Toujours occupé des plaifirs qu'il
avoit goûtés avec elle, & toujours déchiré par les reproches
qu'il fe faifoit d'avoir été caufe
de fon infortune, on peut juger,
que fon voyage fut auffi trifte
qu'ennuyeux.

Le navire arriva enfin à l'em-
bouchure de la riviere de Surinam, où il y avoit une colonie,
appartenant au Roi d'Angle-
tetre. Le Capitaine, qui avoit
des efclaves à livrer à quelques

habitans, y jetta l'ancre. J'ai déja dit , de quelle maniere ces sortes de livraisons se font. Chaque habitant de la colonie , qui avoit un marché fait , vint prendre son lot , à bord du vaisseau. Les propriétaires de la plantation , où je me trouvois alors, étoient de ce nombre.

Le Capitaine Espagnol , qui avoit donné ses ordres d'avance, commanda à ses gens , de faire monter les esclaves enchaînés sur le tillac : C'étoit ceux du Coramantien ; qui après avoir été dispersés , en plusieurs lots , furent vendus , à qui en voulut. Il recommanda pourtant aux habitans de Surinam de les séparer , les uns des autres , dans la crainte , qu'étant réunis , ils ne s'excitassent mutuellement à une révolte , qui eût pû entraîner la ruine de la colonie.

Oronoko, fut pris d'abord, &
livré au maître de notre habita-
tion, qui eut le premier lot, avec
feize autres efclaves de différent
fexe. Le Prince vit du premier
coup d'œil, de quoi il étoit que-
ftion ! Défarmé, & fans défenfe,
il apperçut que la réfiftance feroit vaine. Il fe contenta, de lan-
cer, au Capitaine, un regard
fier, & méprifant, qui fit rougir
ce fcelerat ; & en paffant dans le
bateau de fon nouveau maître, il
n'ouvrit la bouche, que pour dire, à l'Efpagnol : *Adieu, Mon-
fieur : Cé que je vais fouffrir, eft
peu de chofe, en comparaifon des
lumieres que j'acquiers, par rapport
au fond qu'on doit faire, & fur
vous, & fur le Dieu, au nom duquel vous avez juré !*

Il affura fon nouveau maître,
qu'il ne feroit aucune réfiftance;

& s'adreſſant aux Négres : *Allons,
dit-il, mes chers compagnóns d'eſ-
clavage ! Deſcendons, & voyons, ſi
nous trouverons plus d'honneur, &
de probité dans le nouveau monde,
où nous allons !*

Fin de la premiere Partie.

www.ingramcontent.com/pod-product-compliance
Ingram Content Group UK Ltd.
Pitfield, Milton Keynes, MK11 3LW, UK
UKHW020907120726
13693UKWH00003B/928